高岡修

幻語空間

思潮社

幻語空間

高岡修

思潮社

目次

I

II

装幀　思潮社装幀室

幻語空間

高岡修

I

鮃

都市という名の
混濁した海
その底の泥のなかにも
一匹の鮃はいる
泥のなかで
劣情にも似た灯の寂寥を食べては
さらに飢え
いかなるものの死よりも扁平のまま
片身にだけ
両眼を
寄せている

為すべきことはついにやってこない
彼は見る
手だけが
吊り皮にぶら下がっている
今日の
郷愁
縊死体の記憶が
波のように打ち返している
きのうの
縄

やがて
世界も
気づくだろう
何にも帰属しまいとして

水は
水の深みで
溺れる
火は
火を
免罪しない

朝焼け

生まれる前に殺される子どもの瞼は
殺される刹那
透きとおるのだという
透きとおった瞼から
いっせいに光が射しこみ
一瞬にすぎないが
いままさに殺されつつある子どもの網膜に
全世界が
映し出されるというのだ

そこが
母の胎内であったとしても

あるいは
まだ完全な形をなさぬ胎児であったとしても
ほとんど同じことが
起こるというのだが
僕らにとってもっと重要なのは
子どもが殺されると同時に
網膜の映像も
殺されるという事実である
おそらくはそのとき
生まれる前に殺される子どもの網膜の
一回限りの映像と等価なものとして
全世界も
果てている

深夜

死に果てた空っぽの世界で
僕らは想像する
生まれる前に殺された子どもの眼が
咥えている
朝焼けのひとひら

日時計

日時計の影に群らがっている
死んだ烏蝶の群れ
黒い翅脈を波打たせながら
長い口吻を使って
時間の影を
吸いとっているのだ
ところが
時間の影は
おどろくほど薄く
その量もまた

おどろくほど少ない
しかし
死んだ烏蝶たちが
それ以上におどろくのは
移ろう時間の影の速さである
吸いつくされると同時に
日時計は
そのすぐ隣りに
新しい時間の影を
生んでいる

アンモナイト

シルル紀の地層から
アンモナイトの化石を掘り出すなら
それは同時に
シルル紀の海の音を
掘り出すことになる
アンモナイトの化石が
臓腑ふかくに隠しつづけている
波音のことである
だが
波音もまた
化石となっている

もし波音の化石が再生するときがあるとすれば
一個のアンモナイトが
転生を開始するときである
そのとき
アンモナイトの殼の渦がほどけはじめ
波音の化石も溶解する
アンモナイトの臓腑深くから
太古の海が
ゆっくりと
響きはじめるのだ

銅鏡

その一枚の銅鏡に
いったいどれほどの数の顔が
刻印されたのだろう
見ていると
ときおり
まるで風にめくれる紙片のように
顔のいちまいが
銅鏡から
剝げ落ちてゆく

もちろん
どれほど剝落しようと

銅鏡に刻まれた顔が
尽きることはない
くぐもってはいるが
まるで新しい顔が映ったときと同じように
銅鏡はいつも
いちまいの顔を
浮かべている

夜になると
銅の腐蝕の世界から
一匹の蟻が這い出てくる
顔の始原まで
さかのぼろうとするのだ
だが
どの夜の

どの蟻も
いまだに
顔の始原へ
到達することができない
蟻がさかのぼろうとするとたんに
性的な顔のさざなみに
阻まれるのだ

世界の果て

僕らはいつも
世界の果てにいる
バス停に立っていても
喫茶店の窓ぎわに坐っていても
そこは
ふいの崖であり
ふいの奈落である

一日の消尽点に達すると

崖と崖との境が無くなってしまうので
僕らはいっせいに
世界の果てを墜ちる
それでも
永遠とも思えるほどの時間をかけて
何とか這い上がるのだが
そこはもう
僕らの見知らぬ
別の世界の果てである

虹の白骨

乾季の空をめぐると
虹の白骨が
散立している
虹の荒廃は素早いので
弧の部分は全てが落ちて砕けている
それでも
虹の多くは
そうすることがまるで
存在したゆいいつの証しであるとでもいうかのように
足の骨だけを
荒れた空の地平から
突き出している

その
残った足の骨の先端から
ときおり
色のようなものが
弧を描こうとしているようにも見えるが
もちろん
ここではすでに
全ての色も死に果てている
僕らは
それを
虹の断肢幻覚と
呼んでいる

手袋

荒れた野の片すみに
手袋がひとつ
落ちている
その事実は
僕らに
ふたつの非在を
かがやかす
すなわち
もう片方の手袋の非在と
手の
非在である

非在は
氷河を
呼び寄せる
無い片方の手袋と
無い手を
憶い出そうとして
捨てられた手袋が
その内界に
流しはじめている
氷河

空蟬

売られる
ただそれだけのために
ふいに誘拐され
無雑作に切り取られた子どもの臓器
簡素な作りの台の上の
肝臓や腎臓の類
それらは
まるで
それまでの時間をいとおしむかのように
ひたすら未成熟の命に濡れ
過去からの光を
孵している

気ぜわしげに

ドアのむこう側から
毛深い世界がやってきて
子どもの臓器の
まだあどけなさの残る光を奪おうとするが
そのたびに光は
子どもの臓器らしい含羞の陰へ隠れて
まぬがれる
まぬがれては
まぬがれたまま
まぬがれたその場所から
かつての自分じしん
いまではすっかり空蟬と化した自分じしんを
見ている

白木蓮

白木蓮の
ひときわ白い眠りぎわは
ひときわ濃い闇につつまれる
植生のものたちが
いつしか
枢型の闇と名づけた
闇のことである
その闇のなかの眠りが
まるで死界でのように
深く
果てしないので
そのように言われるようになったのだが
当然のように

白木蓮の
ひときわ白い醒めぎわも
柩型の闇から
生まれることになる
つまり
白木蓮の花弁のすべてが
まるで
再生した新しい朝を
無垢な心で見つめようとでもするかのように
複眼と化したおびただしい水滴に白い世界を塗りこめて咲く
その
ひときわ白い醒めぎわも

螢沢

天上にもある
螢沢
死の清流の
水辺
草地には
螢狩りに興じて
帰れなくなった子どもの骨が
散乱している

天上が
真の闇につつまれる五月の頃
沢には
死んだ螢の火が
湧きあがる
死んだ螢たちは

沢全体がうねるようにも
再生への交尾に
群らがりつづける

それでも
幾匹かが
代わる代わる
草地に
降りる
そうして
死んだ螢たちは
死んだ子どもの頭蓋の中にとまり
ついに帰れないままの子どもの想念を
灯すのだ

II

幻語空間

一月

一月の空の自殺企図の的となっている一羽の鷹

二月

次々と胸の枯野に炎えうつる野火

三月

転生への署名が了わるととたんにかげろう野スミレのように

四月

細部まで透きとおっているガラス器の絶望には一茎の永遠を挿そう

五月

自爆する思念の白い帆でありたい五月の耳

六月

漏斗状の空をなぞっては液化する蟻地獄の微睡

七月

稲妻を咥えて野の一枚が走り去る

八月

爆死した一匹の蝶が大声で飛びまわる

九月

未生のものたちの声の泥濘に足をとられて竜胆（りんどう）の微笑が行きだおれる

十月

足の記憶に繁茂している葦原が歩きつづけている月明

十一月

死者誤入へ冬日がさざめくくぬぎ林

十二月

白葱は白い谺として洗う

幻楽

朝顔

美貌の虚無と未成熟な頽廃に見つめられて目覚める

昼顔

いよいよ鮮明に幻影である正午の湖心を盗みにゆく

夕顔

輪廻の尻尾を垂らしながら万有引力の憂鬱を曲がる

夜顔

衰弱する天体の表面張力へしきりに舌を入れている

幻視時代

1

自動ドアは
むしろ
僕らの孤絶と背徳に
ひらかれる

2

前頭葉があまりにも繁るので
僕らはいつも
言葉の深い森の中にいる

3

ただ一人である無数の僕らが
陸橋のある光景を
歩いている

4

雑踏でひとり滝となって立ちつくすまでの僕らの長い昏倒

5

だから僕らは
石棺の眩しい幻視へ

オレンジ色の脱柵を
うながす

6

永遠の夕暮れ
僕らの四肢の釘跡が
遠い丘の
遠いひとつの磔刑へ
召喚される

薔薇

朝の
卓の
卵形の
死の
毛深さ

憎悪の
指骨が
まぶしい
朝の
改札口

いかなる和解からも遠く
血が
僕らを
立っている

狂気を遠く迂回して
僕らの血に澄む殺意の植物を
薔薇
という

眼

*

カンブリア紀の眼の誕生をしぐれる森

*

飛翔よ
あなたもまた
空の地平に墜死の始祖鳥の最後の網膜映像を孵すと
うそぶきながら

*

国家という眼差しの果てに咲いている
無精卵と日傘

*

この花季の
白い起点となっている石膏像の白い失明

*

太陽の眼をねらって
草矢を撃つ子どもたちの手を
海市が
あつめにくる

*

午後の図書館で
立ったまま眼を閉じている一頭の犀は
濁流である

流砂

流砂はまず
僕らの顔の裏の砂漠を
通り過ぎる
それから
死んだ小鳥を描く色鉛筆の柔らかさを
通り過ぎ
やがて純粋へ到達する日夫蘭(さふらん)の激しい耳鳴りを
通り過ぎ

ときおり樹木の脳の深部に立ちゆらぐ斧の幻像を
通り過ぎ
潮鳴りも激しく郵便局へ入ってゆくひとつの脳死論を
通り過ぎ
瓶づめにされては売られている夕日の動悸を
通り過ぎ
あいかわらず目覚めようとはしない仮死の明日のかすかな瞼の震えを
通り過ぎる

夜の相貌

死者たちの
指紋まみれの
夜の
薔薇

瓶のなかの液体であることを忘失して立っている
夜のミルクのような

忘我

深夜
展翅箱にピンでとめられた蝶の脳髄から
死せる青空が
したたる

情死*

発泡スチロールの刹那的な美意識が嚙み殺している白い笑いのような
事物の精神的な通路に来て含羞(はにか)む合わせ鏡の永劫のような
死んだ蟷螂の斧がまさぐっている日蝕の暗部のような

顔のない交接よ
既視感から
既死感が
はぐれる

情死**

ついに純然たる花模様としてある解剖学に
露草の目翳が届く
空箱の劣情に触れて
無が痙攣する

ゆうべ失踪の氷中花が見せている
絢爛たる凍死
鏡は
像のうしろで
犯される

幻語空間（げんごくうかん）

著者　高岡修（たかおかおさむ）
発行者　小田久郎
発行所　株式会社 思潮社
〒一六二—〇八四二　東京都新宿区市谷砂土原町三—十五
電話〇三（三二六七）八一五三（営業）・八一四一（編集）
ＦＡＸ〇三（三二六七）八一四二
印刷　三報社印刷株式会社
製本　小高製本工業株式会社
発行日　二〇一〇年七月二十五日